AF463466

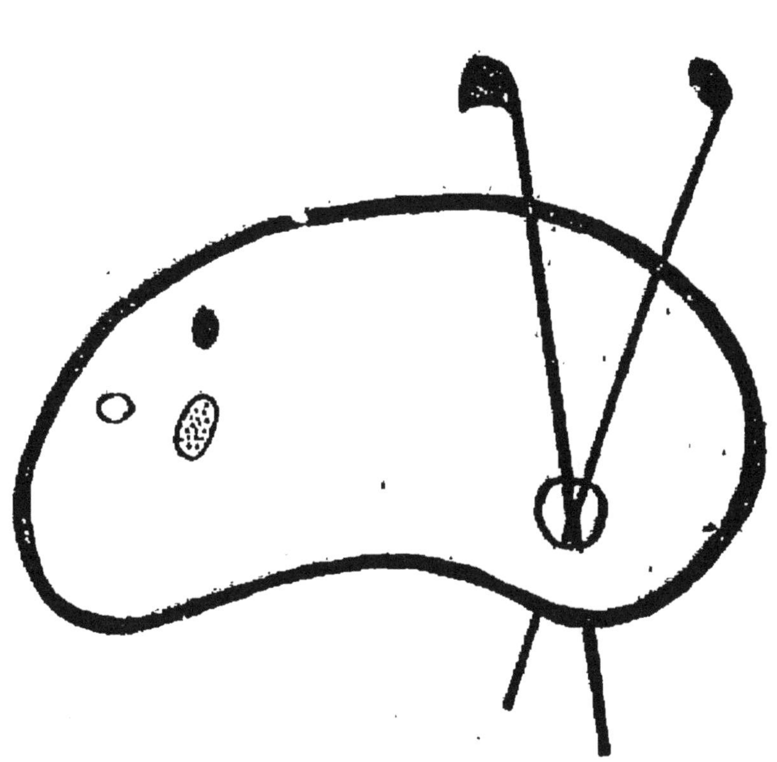

DEBUT D'UNE SERIE DE DOCUMENTS
EN COULEUR

1861 Février 13.

CATALOGUE

DES

TABLEAUX

ANCIENS

DES DIVERSES ÉCOLES

GRAVURES, OUVRAGES ARTISTIQUES

Ayant appartenu à feu M. CH. DE STEUBEN

OFFICIER DE LA LÉGION-D'HONNEUR

DONT LA VENTE PAR SUITE DE SON DÉCÈS AURA LIEU

HOTEL DES COMMISSAIRES-PRISEURS

Rue Drouot, n° 5

SALLE N° 5, AU 1ER ÉTAGE

Le Mercredi 13 Février 1861, à une heure.

Par le ministère de **Me CHARLES PILLET**, Commissaire-Priseur, 11, rue de Choiseul,

Assisté de **M. FERDINAND LANEUVILLE**, Expert, rue Neuve-des-Mathurins, 73.

EXPOSITION PUBLIQUE

Le Mardi 12 Février 1861, de midi à 5 heures.

PARIS

RENOU ET MAULDE

IMPRIMEURS DE LA COMPAGNIE DES COMMISSAIRES-PRISEURS

Rue de Rivoli, 144.

1861

Yd 1
8°

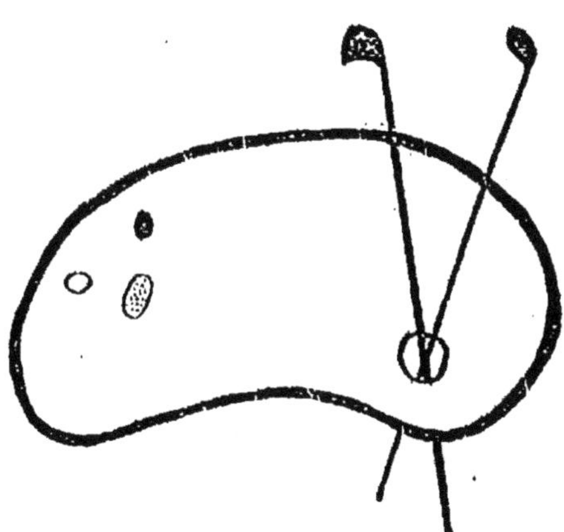

FIN D'UNE SERIE DE DOCUMENTS
EN COULEUR

CATALOGUE

DES

TABLEAUX

ANCIENS

DES DIVERSES ÉCOLES

GRAVURES, OUVRAGES ARTISTIQUES

Ayant appartenu à feu M. CH. DE STEUBEN

OFFICIER DE LA LÉGION-D'HONNEUR

DONT LA VENTE PAR SUITE DE SON DÉCÈS AURA LIEU

HOTEL DES COMMISSAIRES-PRISEURS

Rue Drouot, n° 5

SALLE N° 5, AU 1er ÉTAGE

Le Mercredi 13 Février 1861, à une heure.

Par le ministère de **Me CHARLES PILLET**, Commissaire-Priseur,
11, rue de Choiseul,

Assisté de **M. FERDINAND LANEUVILLE**, Expert,
rue Neuve-des-Mathurins, 73.

EXPOSITION PUBLIQUE

Le Mardi 12 Février 1861, de midi à 5 heures.

PARIS
RENOU ET MAULDE
IMPRIMEURS DE LA COMPAGNIE DES COMMISSAIRES-PRISEURS
Rue de Rivoli, 144.

1861

CONDITIONS DE LA VENTE.

Elle sera faite au comptant.

Les acquéreurs paieront, en sus des adjudications, CINQ pour cent applicables aux frais de vente.

DÉSIGNATION

DES

TABLEAUX

ADAM (H.).

1 — La Collation.

ALBANE (Attribué à).

2 — L'Annonciation.

DU MÊME.

3 — La Charité, sous les traits d'une jeune mère, donne des grenades à ses enfants.

Gravé.

(Collection Andréossy.)

BAROCCIO (D'après).

4 — Le Christ au sépulcre.

BERGHEM (D'après).

5 — Figures et Animaux.

Copie d'un des tableaux de ce maître, du Musée du Louvre.

BLOEMEN (Van), signé.

6 — Un Paysan assis sur un tronc d'arbre ; près de lui deux vaches et des chèvres.

DU MÊME.

7 — Paysans conduisant de nombreux troupeaux.

BREUGHEL.

8 — Petite Marine couverte de barques marchandes.

BREUGHEL (P.).

9 — Incendie d'une ville.

DU MÊME.

10 — Repos de la Sainte Famille.

CARRACHE (Attribué à).

11 — L'Annonciation.

COIGNET (J.).

12 — Des Moines dans une grotte.

CORRÉGE (D'après).

13 — La Vierge au chardonneret.

DIEPENBECK.

14 — La Vierge tient l'Enfant Jésus sur ses genoux ; devant eux un ange en adoration.

DOLCI (C.).

15 — Mater dolorosa.

DROUAIS (F.-H).

16 — Portrait d'une jeune femme vêtue à la mode du temps de Louis XVI. Un cordon noir est passé autour de son col, un nœud de ruban orne son corsage.

(Ovale.)

DYCK (Van).

17 — Tête de vieillard. (Etude.)

DYCK (D'après Van).

18 — Copie d'une tête de ce maître, par Robert Lefèvre.

FYT.

19 — Deux Perroquets.

DU MÊME.

20 — Chiens de chasse et Animaux de basse-cour.

GÉRARD (Mlle).

21 — Portrait d'une jeune femme du temps de l'empire. Elle est vêtue de noir et entourée d'une écharpe blanche.

GIORGION.

22 — Grimaldi, doge de Venise.

GROS.

23 — Belle Etude de torse.

GUIDE.

24 — La Sainte Vierge et saint Joseph contemplant l'Enfant Jésus endormi.

DU MÊME.

25 — Tête d'apôtre.

HACKERT (PHILIPPE), 1789.

26 — Paysage maritime.

Petit paysage d'une grande finesse.

Bois.

HACKERT.

27 — Intérieur de forêt avec chasseurs.

HOGARTH.

28 — La Fortune.

HONTHORST.

29 — Le Pèlerin.

HOREMANS (J.).

30 — La plaisante Gageure.

Gravé.

HUBNER DE DUSSELDORF.

31 — L'Ange gardien.

J. B. 1846.

32 — Vue prise en Flandre.

JORDAENS (Attribué à).

33 — Le Gâteau des rois.

Répétition du tableau du Musée.

DU MÊME.

34 — Autre sujet.

LABRAZZY, signé, daté 1773.

35 — Une jeune Napolitaine.

LAJOUE.

36 — Halte de chasseurs près d'une fontaine.

LANCRET (Ecole de).

37 — Un jeune Seigneur embrassant une paysanne. Un jeune garçon les regarde avec malice.

LEBRUN (Mme).

38 — Portrait de femme du temps de Louis XVI. (Ovale.)

LEFÈVRE.

39 — Portrait d'un abbé.

LEVASSEUR (F.).

40 — Personnages de distinction prenant le thé.

LORRAIN (Ecole de Cl.).

41 — Paysage traversé par une rivière. Effet de soleil couchant.

LUCAS DE LEYDE.

42 — Les Musiciens.

Un vieil artiste et sa femme accordent leur instrument.

Gravé par l'artiste et décrit sous ce titre dans le catalogue des estampes de ce maître, publié par Bartsch.

Bois.

MEER (Van der).

43 — Départ d'une flotte.

DU MÊME.

44 — Combat naval.

Pendant du précédent.

METZU (Attribué à).

45 — Portrait de François Flamand.

MIÉRIS (Ecole de).

46 — Le Trompette.

MIGNARD (Attribué à).

47 — Portrait de la duchesse de La Vallière.

MILÉ (Francisque).

48 — Paysage historique.

MOLNAERT.

49 — L'Adoration du veau d'or.

MOLYN.

50 — Paysage avec ruines.

MURILLO (Attribué à).

51 — Abraham renvoyant Agar.

OMMEGANCK (Attribué à).

52 — Paysage avec moutons.

PIOMBINO (Attribué à Sébastien del).

53 — Le Christ et la Vierge.

PORBUS.

54 — Portrait de Cinq-Mars.

POUSSIN (Attribué à N.).

55 — Paysage avec ruines.

POUSSIN (N.).

56 — L'Annonciation.

REMBRANDT (Ecole de).

57 — Portrait d'un rabbin.

RIBERA.

58 — Saint Jérôme.

RUYSDAEL (J.) ET **VELDE** (AD. VAN DEN), signé.

59 — Sur la lisière d'un bois, un paysan, suivi d'un enfant, conduit trois vaches; plus loin, un homme et une femme sont assis au pied d'un arbre; au delà, un homme à cheval.

DU MÊME.

60 — Paysage boisé.

Pendant du précédent.

SALVATOR ROSA.

61 — Un Évangéliste.

SASSO FERRATO.

62 — La Sainte Vierge tient l'Enfant Jésus sur ses genoux. Le petit saint Jean lui présente un oiseau.

Cuivre.

SCHOEVAERTS.

63 — Le Retour de l'Enfant prodigue.

SCHUTZ DE FRANCFORT.

64 — Deux Paysages. (Pendants.)

SÉBASTIEN DEL PIOMBINO.

65 — La Flagellation.

Bois.

SENAVE.

66 — Intérieur de ferme.

STEUBEN.

67 — Mirabeau et le marquis de Dreux-Brézé aux États-Généraux. (Esquisse.)

67 bis. — Jeune fille sortant du bain.

68 — Le Christ au Calvaire. (Esquisse.)

69 — La Mort de Moreau. (Esquisse.)

70 — Belle Copie de la Transfiguration, d'après Raphaël.

71 — Belle Copie de la Vierge de Foligno, d'après Raphaël.

72 — Belle Copie du portrait du pape Léon X, d'après Raphaël.

73 — Belle Copie du Christ du Guide.

74 — Belle Copie d'une vierge de Sasso Ferrato.

75 — Belle Copie d'après le tableau de M. de Steten : Pierre le grand à Saardam.

TITIEN (D'après).

76 — Les Pèlerins d'Emaüs.

Belle réduction ancienne du tableau du Louvre.

VANLOO.

77 — Portrait de femme coiffée d'un bonnet de dentelle, les épaules couvertes d'un mantelet noir.

VELASQUEZ.

78 — Un Moine tenant un crucifix.

VÉRONÈSE (Attribué à P.).

79 — Adoration des mages.

WINANTZ (D'après).

80 — Paysage : terrain sablonneux.

WOUWERMANS (P.).

81 — Un Paysage orné de figures.

WOUWERMANS (JEAN).

82 — Chasse au cerf.

X. L.

83 — Le Départ pour la pêche.

ZANCHI (ANTOINE).

84 — Mariage mystique de sainte Catherine.

ZIEGLER.

85 — Saint Luc peignant l'image de la Vierge.

Réduction par le peintre lui-même de son grand tableau du Luxembourg.

Il provient de la vente après décès de l'artiste, il était catalogué sous le n° 5.

DU MÊME.

86 — Étude de jeune homme, d'après un des Raphaël du Musée du Louvre.

Même provenance.

ÉCOLE ITALIENNE.

87 — Sainte Madeleine.

Cuivre.

ÉCOLE ALLEMANDE.

88 — Mater dolorosa.

Bois.

ÉCOLE FLAMANDE.

89 — Pâtre et son troupeau près d'une ruine.

ÉCOLE FRANÇAISE.

90 — Le Temps découvrant la Vérité.

ÉCOLE FRANÇAISE.

91 — Portrait de femme, époque Louis XV.

ÉCOLE MODERNE.

92 — Pêcheurs au bord de la mer.

ÉCOLE MODERNE.

93 — Vue prise dans la forêt de Fontainebleau.

DE LA MÊME.

94 — Vue prise dans la forêt de Compiègne.

INCONNU.

95 — Grand Tableau de fleurs.

INCONNU.

96 — Marine.

IDEM.

97 — Deux Vues intérieures d'un ancien château.

IDEM.

98 — Le Moulin à eau.

IDEM.

99 — Paysage orné de figures.

GRAVURES, OUVRAGES ARTISTIQUES

Ayant appartenu à M. Ch. de STEUBEN.

PREMIER ROULEAU DE GRAVURES.

100 — Huit épreuves de Napoléon dans les Alpes. (Steuben.)
101 — Hôtel de Ville à Bruxelles.
102 — Portrait de Frédéric-Guillaume de Prusse.
103 — Chiens de toute espèce. (Gravure anglaise.)
104 — Portrait de Lafayette.
105 — Tableau de Mme Borel. (Gravure.)
106 — Molière mourant, par Vafflard.
107 — Jeunesse de Rousseau.
108 — Bataille de Wagram.
109 — Sainte-Hélène.
110 — Avènement au trône de Mikael Romanoff.
111 — Révolte des strélitz.
112 — Site de Fontainebleau.
113 — Vue du Palais-Royal.
114 — Site de la forêt de Compiègne.
115 — Deux Vues d'Édimbourg.
116 — L'Enseignement des enfants. (J.-C. Overbeck.)

117 — Le Chimborazo.

118 — Vue de Jérusalem.

119 — Vue de Dresde. Mausolée de Moreau.

DEUXIÈME ROULEAU.

120 — Dix-neuf épreuves de Napoléon dictant ses mémoires au général Gourgaud.

TROISIÈME ROULEAU.

121 — Trente-cinq épreuves de Napoléon dictant ses mémoires.

QUATRIÈME ROULEAU.

122 — La Course des chevaux à Rome.

123 — Mazeppa de Vernet.

124 — Le Retour de l'île d'Elbe.

125 — Napoléon visitant le champ de bataille d'Eylau.

126 — Quatre épreuves de Samson et Dalila.

127 — Le Grec d'Horace Vernet.

128 — Rachel chez Laban.

129 — Passage de la Bérésina.

130 — Deux Etudes d'après des tableaux connus.

131 — Deux Planches d'Ecorchés.

132 — Cinq Vues de Moscou.

CINQUIÈME ROULEAU.

133 — Quatre Pendentifs de Raphaël au Vatican.

OUVRAGES ARTISTIQUES

134 — Peinture à fresque du camp Santo de Pise, par Carlo Lasinio.

135 — Recueil d'estampes du chevalier Dorigny.

136 — Voyage à Athènes et à Constantinople, par Dupré.

137 — Les anciennes Tapisseries : Nancy, Dijon, Chaise-Dieu, Valenciennes, Berne, Beauvais, d'Aulhac, d'Aix, Reims.

138 — Versailles, par Ch. Gavard.

139 — Armures, par Skelton, en deux vol.

140 — Un Paquet renfermant : eaux-fortes de Calame, vues anglaises, dix livraisons et une série de chevaux, par Carle Vernet.

141 — Quelques livraisons de M. de Clarac.

142 — Une Livraison de la Méditerranée; la Sicile et la côte de Barbarie.

143 — Costumes religieux, civils et militaires des anciens Egyptiens.

144 — Guerres de l'empereur Charles V, en estampes.

145 — Voyage pittoresque autour du monde, par Louis Choris.

146 — Voyage de Humboldt et Bonpland (un seul volume). Costumes et portraits des grands-ducs de la maison de Bade.

147 — Un volume de costumes du XIIIe, XIVe et XVe siècle, par Bonnard.

148 — Galerie des Peintres les plus célèbres : l'Albane, Léonard de Vinci, le Titien, le Guide, Paul Véronèse.

149 — Huit livraisons d'effigies de tombeaux en Angleterre.

150 — Karamzin russe avec estampes.

---

151 — Etudes de chevaux, par Géricault.
152 — Treize figures gravées, d'après Raphaël.
153 — Trente-six vues de Saint-Pétersbourg.
154 — Histoire de Frédéric (67 feuilles).
155 — Quatorze feuilles des Apôtres.
156 — Six feuilles pages historiques.
157 — Onze feuilles d'architecture.
158 — Etudes de paysage.
159 — Sujets gravés, d'après Raphaël.
160 — Vingt-cinq portraits anglais gravés.
161 — Vues de monuments d'architecture.
162 — Huit études lithographiées, d'ap. Raphaël.
163 — Divers portraits de généraux et diverses gravures.

164 — Un cahier de vignettes anglaises.
165 — Un cahier, pendentifs de Raphaël.
166 — Dessin linéaire.
167 — Huit figures d'Herculanum.
168 — Souvenirs équestres d'Alfred de Dreux.
169 — Deux cahiers, d'après le Primatice.
170 — Bataille navale du masque d'or, d'après le Caravage Polydore.
171 — Croquis de chevaux d'Alfred de Dreux.
172 — Retraite de Constantine, par Raffet.
173 — Chevaux de Victor Adam.
174 — Vues de Paris, par Gavard.
175 — L'Alphabet de Grevedon, recueil de portraits.
176 — Dix-sept feuilles de gravures anciennes, Raphaël, Titien, etc.
177 — Série de trente-cinq portraits divers.
178 — Gravures, d'après les statues antiques.
179 — Deux cahiers de principes élémentaires de dessin.
180 — Vues d'un Panorama de Saint-Pétersbourg.
181 — Un cahier, étude anatomique du cheval.
182 — Quatre-vingt-quatre feuilles, d'après des peintures anciennes.
183 — Divers portraits historiques.
184 — Un cahier de chevaux par Géricault, et autres études.
185 — Un livre de médailles gravées.
186 — Un volume estampes de la galerie de Dusseldorf.
187 — Détournelle Vignolle. Architecture.

188 — La Galerie de Dusseldorf raisonnée et figurée.

189 — Costumes militaires russes et africains.

190 — Un cahier, études de chevaux.

191 — Un cahier de gravures, d'après Lesueur. Poussin et autres.

192 — Deux cahiers d'Alfred de Dreux.

193 — Un cahier de divers portraits.

194 — Dix-huit portraits anglais.

195 — Un cahier, étude de chevaux de Bürde.

196 — Trois de têtes d'études de Gérard.

197 — Cinq livraisons d'études, d'après Raphaël.

198 — Chevaux, par Albrecht Adam.

198 bis. — Cinquante et une feuilles chevaux de Carle Vernet.

199 — Un cahier de portraits du temps de Napoléon Ier.

200 — Un cahier de plusieurs vues diverses.

201 — Costumes militaires, par Lalaisse.

202 — Un cahier de chevaux, par Victor Adam.

203 — Onze têtes de Julien, aux deux crayons.

204 — Cahier d'armures étrangères.

205 — Il Vaticano, par Pistolezzi.

206 — Diverses vues de paysages.

206 bis. — Cahier de costumes de l'armée française.

Renou et Maulde, Imprimeurs de la Compagnie des Commissaires-Priseurs, 144, rue de Rivoli. 600

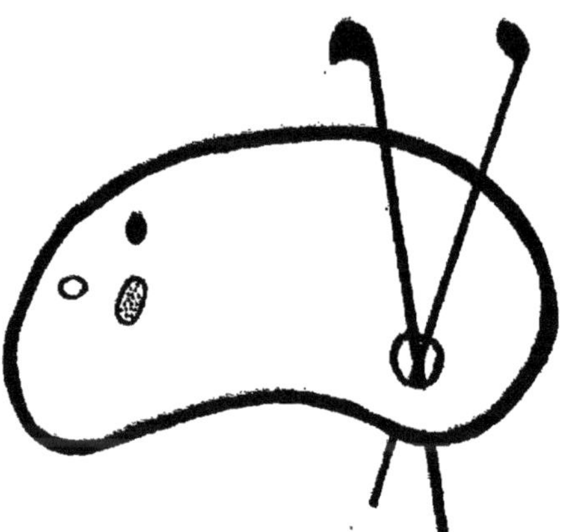

ORIGINAL EN COULEUR
NF Z 43-120-8

www.ingramcontent.com/pod-product-compliance
Ingram Content Group UK Ltd.
Pitfield, Milton Keynes, MK11 3LW, UK
UKHW012310240726
13966UKWH00005B/1768

9 782011 924087